こころザワつく

放哉

Ozaki Hosai

コトバと俳句

春陽堂編集部 編

春陽堂

●本書は、小社刊『尾崎放哉文庫』（全三巻）をもとに編集し、後年、新発見された俳句は、ちくま文庫『尾崎放哉全句集』によった。
●難読と思われる語句には、編集部が適宜ルビを付した。

イラスト・もろいくや

目次

● 一日物云はず（須磨）……7

● 四十男妻なし（小浜・句稿）……59

● 迷って来たまんま（小豆島）……95

● 遺したコトバ（随筆・書簡）……139

索引……151

一日物云はず

（須磨）

つくづく淋しい我が影よ動かして見る

流るる風に押され行き海に出る

ねそべつて書いて居る手紙を鶏に覗《のぞ》かれる

静かなるかげを動かし客に茶をつぐ

夕日の中へ力いつぱい馬を追ひかける

落葉へらへら顔をゆがめて笑ふ事

月夜戻り来て長い手紙を書き出す

あすは雨らしい青葉の中の堂を閉める

雨の日は御灯ともし一人居る

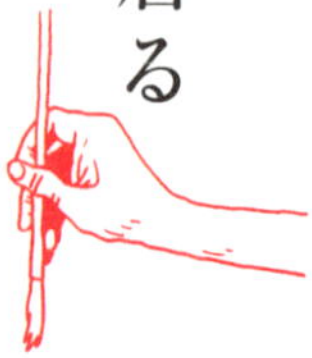

一日物云はず蝶の影さす

なぎさふりかへる我が足跡も無く
軽いたもとが嬉しい池のささなみ
井戸の暗さにわが顔を見出す

沈黙の池に亀一つ浮き上る

雨の傘たてかけておみくぢをひく

鐘ついて去る鐘の余音の中

柘榴《ざくろ》が口あけたたはけた恋だ
山の夕陽の墓地の空海へかたぶく
たつた一人になり切つて夕空

高浪打ちかへす砂浜に一人を投げ出す
げつそり痩せて竹の葉をはらつてゐる
御祭の夜明の提灯へたへたとたたまれる

蛇が殺されて居る炎天をまたいで通る

何も忘れた気で夏帽をかぶつて

父子で住んで言葉少なく朝顔が咲いて

潮満ち切つてなくはひぐらし

茄子もいできてぎしぎし洗ふ

むっつり木槿《むくげ》が咲く夕べ他人の家にもどる

空に白い陽を置き火葬場の太い煙突

いつ迄も忘れられた儘で黒い蝙蝠《こうもり》傘

もやの中水音逢ひに行くなり

海のあけくれのなんにもない部屋
銅銭ばかりかぞへて夕べ事足りて居る
夕べひよいと出た一本足の雀よ

たばこが消えて居る淋しさをなげすてる

蟻を殺す殺すつぎから出てくる

雨の幾日がつづき雀と見てゐる

障子しめきつて淋しさをみたす

氷がとける音がして病人と居る

写真うつしたきりで夕風にわかれてしまつた

血がにじむ手で泳ぎ出た草原

昼の蚊たたいて古新聞よんで
人をそしる心をすて豆の皮むく
刈田で烏の顔をまぢかに見た

落葉木をふりおとして青空をはく

傘さしかけて心よりそへる

庭石一つすゑられて夕暮れが来る

わらじはきしめ一日の旅の川音はなれず

寒さころがる落葉が水ぎわでとまつた

木魚ほんほんたたかれまるう暮れて居る

マッチの棒で耳かいて暮れてる

わが足の格好の古足袋ぬぎすてる

栗が落ちる音を児と聞いて居る夜

何か求むる心海へ放つ

夕べ落葉たいて居る赤い舌出す

自らをののしり尽きずあふむけに寝る

落葉へばりつく朝の草履干しをく

こんなよい月を
一人で見て寝る

心をまとめる鉛筆とがらす

仏にひまをもらつて洗濯してゐる

ただ風ばかり吹く日の雑念

二人よつて狐がばかす話をしてる

うそをついたやうな昼の月がある

酔のさめかけの星が出てゐる
考へ事して橋渡りきる
板じきに夕餉の両ひざをそろへる

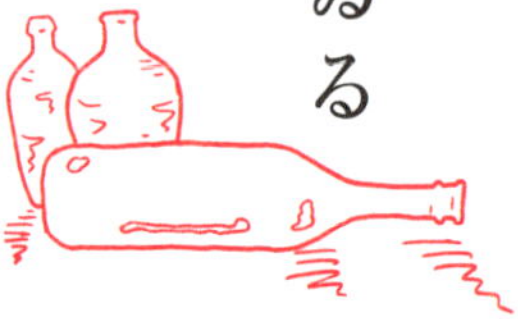

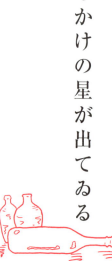

竹の葉さやさや人恋しくて居る
わがからだ焚火にうらおもてあぶる
大空のました帽子かぶらず

落葉たく煙の中の顔である

打ちそこねた釘が首を曲げた

鳥がだまつてとんで行つた

尻からげして葱ぬいて居る
きたない下駄はいて白粉ぬることを知つてる
しぐれますと尼僧にあいさつされて居る

片目の人に見つめられて居た

葱がよく出来てとつぷり暮れた家ある

冬帽かぶつてだまりこくつて居る

お盆にのせて椎の実出されふるさと

かへす傘又かりてかへる夕べの同じ道である

雀のあたたかさを握るはなしてやる

灰の中から針一つ拾ひ出し話す人もなく

曇り日の落葉掃ききれぬ一人である

門をしめる大きな音さしてお寺が寝る

うで卵子くるりとむいて児に持たせる
傘にばりばり雨音さして逢ひに来た
あるものみな着てしまひ風邪ひいてゐる

黒い帯しつかりしめて寒い夜居る

淋しいぞ一人五本のゆびを開いて見る

朝の白波高し漁師家に居る

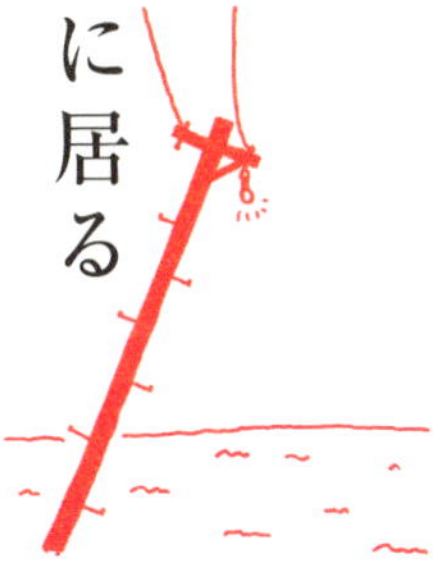

秋風のお堂で顔が一つ

わが顔ぶらさげてあやまりにゆく

島の女のはだしにはだしでよりそふ

黒眼鏡かけた女が石に休んで居るばかり

つめたい風の耳二つかたくついてる
降る雨庭に流れをつくり佗び居る
師走の夜のつめたい寝床が一つあるきり

漬物桶に塩ふれと
母は産んだか

破れた靴がぱくぱく口あけて今日も晴れる
鞠がはずんで見えなくなつて暮れてしまつた
聞こえぬ耳をくつつけて年とつてる

笑へば泣くやうに見える顔よりほかなかつた

鉢の椿の蕾がかたくて白うなつて

両手をいれものにして木の実をもらふ

落葉拾うて棄てて別れたきり

こんな大きな石塔の下で死んでゐる

ふところの焼芋のあたたかさである

霜がびつしり下りて居る朝犬を叱る

鳩に豆やる児が鳩にうづめらる

ひげがのびた顔を火鉢の上にのつける

ぽつかり鉢植の枯木がぬけた

ハンケチがまだ落ちて居る戻り道であつた

天辺落とす一と葉にあたまを打たれた

にくい顔思ひ出し石ころをける

底がぬけた杓で水を呑もうとした
なんにもない机の引き出しをあけて見る
犬よちぎれる程尾をふつてくれる

節分の豆をだまつてたべて居る

色鉛筆の青い色をひつそりけづつて居る

雪空一羽の鳥となりて暮れる

夕の鐘つき切つたぞみの虫

四十男妻なし

（小浜・句稿）

考へ事をしてゐる田にしが歩いて居る

どんどん泣いてしまつた児の顔

臍に湯をかけて一人夜中の温泉である

豆を水にふくらませて置く春ひと夜

浪音淋しく三味やめさせて居る

かぎりなく蟻が出て来る穴の音なく

一人分の米白々と洗ひあげたる

釘箱の釘がみんな曲つて居る
かたい机でうたた寝して居つた
豆を煮つめる自分の一日だつた

蜘蛛がすうと下りて来た朝を眼の前にす

きちんと座つて居る朝の竹四五本ある

とかげの美くしい色がある廃庭

蛙たくさんなかせ灯を消して寝る

うつろの心に眼が二つあいてゐる

花火があがる音のたび聞いてゐる

母の無い児の父であつたよ
ころりと横になる今日が終つて居る
一本のからかさを貸してしまつた

淋しいからだから爪がのび出す

蚤とぶ朝のよんでしまつた新聞
朝早い道のいぬころ

昼寝の足のうらが見えてゐる訪ふ
宵のくちなしの花を嗅いで君に見せる

ポストに落としたわが手紙の音ばかり

洗いものしてしまつて自分のからだとなる

寐ころぶ一人には高い天井がある

豆ばかりたべて腹くだしをして居る

ころころころころがつて来た仁丹をたべてしまつた

わが歳をかぞへて見る歳になつて居た

老ひくちて居る耳の底の雷鳴

茶わんのかけを気にして話しして居る

泥手で金勘定をしてゐる風の中

ごはんを黒焦にして恐縮して居る

煙管をぽんとはたいてよい智慧を出す

すねの毛を吹く風を感じ草原

自分をなくしてしまつて探して居る

餅を焼いて居る夜更の変な男である

古釘にいつからぶらさげてあるものを知らず

物干で一日躍つて居る浴衣

ぱち〱返事をして豆がいれる
今朝はどの金魚が死んで居るだらう
言ふ事があまり多くてだまつて居る

何がたのしみに生きてると問はれて居る

淋しいから寐てしまをう

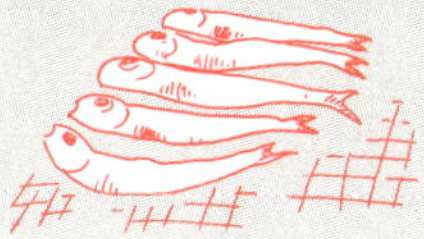

口笛吹かるゝ四十男妻なし

蛙が手足を張り切て死んでゐる

肉のすき間から風邪をひいてしまつた

わが歳を児のゆびが数へて見せる

この蟹めと蟹に呼びかけて見る

海を前に広げて朝から小便ばかりして居る

焼米ゆびからこぼれる音を拾ふ

庭石恰好よく据えてあすのことにする

帽子にとまつた蛍を知らない

への字動かすきりの鳥が遠くなつてしまつた

人の親切に泣かされ今夜から一人で寐る

待つて居る手紙が来ぬ炎天がつゞく

漕ぎもどす舟の月夜はなれず

天井のふし穴が一日わたしを覗いて居る

畳はく風の針が光つて見せる

土瓶の欠けた口に笑はれて居る

浴衣きて来た儘で島の秋となつとる

石のまんなかがほられ水をたゝえる

海風べう〳〵と町までの夜道

わが熱を見る君の脈を借りる

さよならなんべんも云つて別れる

足のゆびばかり見て急いで歩く

朝顔べつたり咲かせて貧乏だ

ポケット探す手がなにかつかんで居た

針の穴の青空に糸を通す

コスモス折れたる立てゝ見る

暖簾《のれん》から首の因業をつき出す

豆腐半丁水に浮かせたきりの台所

手拭かける釘がきまつて居る

朝から四杯目の土瓶とだまりこんで居る

箸が一本みぢかくてたべとる

南瓜めいめいでぷくぷくふくれて
いつも眼の前にある小さい島よ名があるのか
蜘蛛もだまつて居る私もだまつて居る

妻の下駄に足を入れて見る

ていねいに読んで行く死亡広告

石に腰かけて居た尻がいつ迄も冷たい

沢庵のまつ黄な色を一本さげて来てくれた

ひとの袷をもらつて着て手が出足が出

迷って来たまんま

（小豆島）

ここ迄来てしまつて急な手紙書いてゐる

いつしかついて来た犬と浜辺に居る

山の和尚の酒の友とし丸い月ある

漬物石になりすまし墓のかけである

足のうら洗へば白くなる

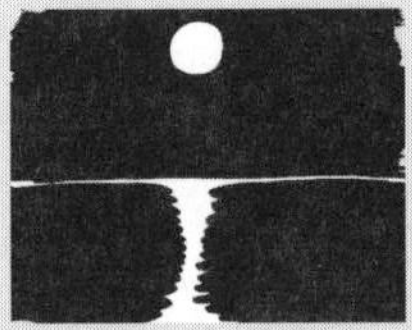

海が少し見える小さい窓一つもつ

ここから浪音きこえぬほどの海の青さの

わが顔があつた小さい鏡買うてもどる

すさまじく蚊がなく夜の痩せたからだが一つ
とんぼが淋しい机にとまりに来てくれた
なん本もマッチの棒を消し海風に話す

山に登れば淋しい村がみんな見える
叱ればすぐ泣く児だと云つて泣かせて居る
花がいろいろ咲いてみんな売られる

すばらしい乳房だ
蚊が居る

須磨寺 太子堂の前で
放哉三十九歳（大正十三年）

海風に筒抜けられて居るいつも一人

風邪を引いてお経あげずに居ればしんかん

風音ばかりのなかの水汲む

鼠にジャガ芋をたべられて寝て居た

少し病む児に金魚買うてやる

風吹く家のまはり花無し

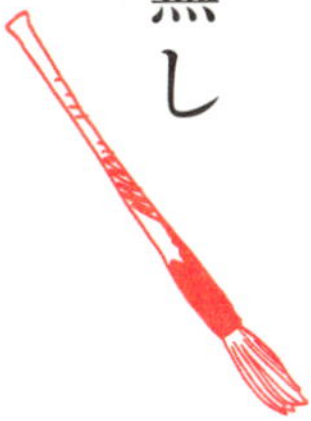

花火があがる空の方が町だよ

追つかけて追ひ付いた風の中

ぴつたりしめた穴だらけの障子である

をそい月が町からしめ出されてゐる
あけがたとろりとした時の夢であつたよ
思ひがけもないとこに出た道の秋草

切られる花を病人見てゐる

蜥蜴《とかげ》の切れた尾がはねてゐる太陽

卵子袂《たもと》に一つづつ買うてもどる

木槿一日うなづいて居て暮れた

道を教へてくれる煙管から煙が出てゐる

迷つて来たまんまの犬で居る

障子あけて置く海も暮れ切る

人間並の風邪の熱出して居ることよ

已に秋の山山となり机に迫り来

三味線が上手な島の夜のとしより

畳を歩く雀の足音を知つて居る
あすのお天気をしやべる雀等と掃いてゐる
あらしがすつかり青空にしてしまつた

淋しきままに熱さめて居り

淋しい寝る本がない

月夜風ある一人咳して

お粥煮えてくる音の鍋ふた
咳き入る日輪くらむ
雀等いちどきにいんでしまつた

爪切ったゆびが十本ある

来る船来る船に一つの島

鳳仙花の実をはねさせて見ても淋しい

入れものが無い
両手で受ける

夜の木の肌に手を添へて待つ
浮草風に小さい花咲かせ

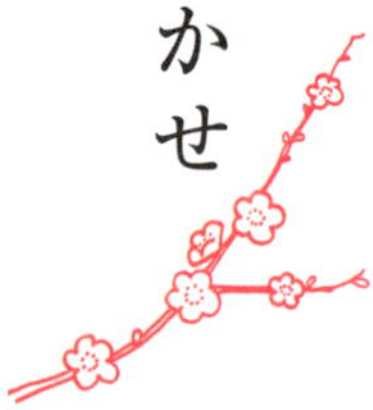

障子の穴から覗いて見ても留守である

口をあけぬ蜆《しじみ》死んでゐる

咳をしても一人

菊枯れ尽したる海少し見ゆ

汽車が走る山火事

流れに沿うて歩いてとまる

とんぼの尾をつまみそこねた
墓地からもどつて来ても一人
恋心四十にして穂芒

なんと丸い月が出たよ窓

ゆうべ底がぬけた柄杓で朝
ひどい風だどこ迄も青空
くるりと剃ってしまった寒ン空

よい処へ乞食が来た

雨萩に降りて流れ

師走の木魚たたいて居る

風吹きくたびれて居る青草

蜜柑たべてよい火にあたつて居る

寒ン空シヤツポがほしいな

とつぷり暮れて足を洗つて居る

働きに行く人ばかりの電車

家のぐるり落葉にして顔出してゐる

月夜の葦が折れとる

墓のうらに廻る

あすは元日が来る仏とわたくし

掛《かけ》取《とり》も来てくれぬ大晦日も独り

雪積もる夜のランプ

窓あけた笑ひ顔だ

夕空見てから夜食の箸とる

風吹く道のめくら

小さい島にすみ島の雪
故郷の冬空にもどつて来た
春が来たと大きな新聞広告

渚白い足出し

雨の中泥手を洗ふ

静かなる一つのうきが引かれる

枯枝ほきほき折るによし

窓まで這つて来た顔出して青草

久し振りの太陽の下で働く

どつさり春の終りの雪ふり

春の山のうしろから烟が出だした

遺したコトバ（随筆・書簡）

「入庵雑記」は、放哉終焉の地となる小豆島の南郷庵に入ってまもなく執筆を始めた随筆。書簡は大正13年から死の直前、大正15年3月までの中から選んだ。

私の流転放浪の生活…

……私の流転放浪の生活が始まりましてから早いもので已に三年となります。此間には全く云ふに云はれぬ色々な事がありました。此の頃の夜長に一人寝て居てつくづく考へて見ると、全く別世界に居るやうな感が致します、然るに只今はどうでせう、私の多年の希望であつた処の独居生活、そして比較的無言の生活を、いと安らかな心持で営ませていたゞいて居るのであります、私にとりましては極楽であります。

（入庵雑記「島に来るまで」より抜粋）

石は生きて居る。

……なんで、こんなつまらない石ツころに深い愛惜を感じて居るのでせうか。つまり、考へて見ると、蹴られても、踏まれても何とされてもいつでも黙々としてだまつて居る……其の辺にありはしないでせうか、いや、石は、物が云へないから、黙つて居るより外にしかたが無いでせうよ。そんなら、物の云へない石は死んで居るのでせうか、私にはどうもそう思へない、反対に、すべての石は生きて居ると思ふのです。石は生きて居る。どんな小さな石ツころでも、立派に脈を打つて生きて居るのであります。

（入庵雑記「石」より抜粋）

賢者は山を好み、智者は水を愛す、

……私は性来、殊の外海が好きでありまして、海を見て居るか、波音を聞いて居ると、大抵な胸の中のイザコザは消えて無くなつてしまふのです。賢者は山を好み、智者は水を愛す、といふ言葉があります。此の言葉はなかなかうま味のある言葉であると思ひます。

（入庵雑記「海」より抜粋）

其の真ツ赤な色の中に、破壊とか、危惧とか

……今日は風だな、と思はれる日は大凡わかります。それは夜明けの空の雲の色が平生と異ふのであります、一寸見ると晴れそうで居て、其の雲の赤い色が只の真ツ赤な色ではないのです、之は海岸のお方は誰でも御承知の事と思ひます、実になんとも形容出来ない程美くしいことは美くしいのだけれども、其の真ツ赤な色の中に、破壊とか、危惧とか云つた心持の光りをタツプリと含んで、如何にも静かに、又如何にも奇麗に黎明の空を染めて居るのであります。こんな雲が朝流れて居る時は必ず風、……間も無くそろそろ吹き始めて来ます、

（入庵雑記「風」より）

時々、真面目に「死」を研究する事があります。

……人間は気持ちのものですネ、それから、何処に行つても、イヤな事は、少々はたえません　一灯園についても然りです、要するに「死」に到着せねば、ツマリダメなんでせうと思います。時々、真面目に「死」を研究する事があります。決して悲観ではありません、どうも私の様な、つまらぬものは、「死」より外には、求める物が無い様な気持がします、

荻原井泉水宛　書簡（大正13・3・13）より抜粋

——小生オ寺ニ来テ以来毎日毎日同ジ事ヲ、クリカヱシテ居ル、実ニ（シンプルライフ）、

……——小生オ寺ニ来テ以来毎日毎日同ジ事ヲ、クリカヱシテ居ル、実ニ（シンプルライフ）、徹底シテ居マセフ、アンマリ毎日、筍（カタクナッテ居マス、時ハヅレダカラ）ヲ喰フノデ、腹ノ中ニ『藪』ガ出来ヤシナイカト心配シマス呵々、ソレト、大豆ヲ毎日〱煮テ喰フノデ、鳩ポツポノ様ダ、……時々和尚ニ……（和尚サン、此ノ豆ハ鳩ガスキデスネ）ト皮肉ヲ云ッテ見ルト、……（ソヲヂヤ、鳩ノ好物ヂヤ）トスマシテ居ル。呵々、……何シロエライ面白イ様ナ、ナサケナイ様ナ事ヂヤト思イマス、……コン度ノ私ノ俳句ニ「筍」ノ句ガダイブアリマスガ、ー其ノ「筍」ハ、右ノ事情ノ「筍」故御察シ下サイ、カタクテ味モナンニモ無イ呵々……荻原井泉水宛　書簡（大正14・6・17）より抜粋

俳句は人格の反射ですから

……元来「歌」は入るに難く這入つてしまへば、ヤサシイが「俳句」は入るに容易で、扨、這入ると、ソレカラがいくらでもムヅカシクなつてくるといふのは古来定説であります、全くの事で、之も早く説明すれば、全人格を作ることがホントの俳句を産むのですから、ムヅカシイわけです、古今の俳書を通覧して、ソレデ俳句が出来ると思ふと、大間違ひです、況ンや近代の所謂、新傾向の句集や、俳論だけを見てソレデよい句が出来ると思ふナドは寧ろ悲惨であります、ソレハ器用な場アタリの「句」は出来もしませうが、ホントの詩としての俳句は出来るものではありません、「俳書」のみならず、俳句以外のアラユル研究をし尽して、ソシテ人格がダン〳〵向上し、完全になつて行くに従つて、ヨイ句が出来るワケであります、俳句は人格の反射ですから」。

飯尾星城子宛　書簡（大正14・9・14）より抜粋

今日、こう云ふ句が出来ました、「なにがたのしみで生きて居るのかと問はれて居る」

……何しろ長い間、「寺から寺へ」であったのですからオ経は大分上手ですよソレにお経をよんで居ると只、理由なし、ワケ無しに、「スー」としてよい気持になるのですよマアこうして居る間には、それこそ、「スー」と消えて行く様に死んでしまうでせう、呵々、……今日、こう云ふ句が出来ました、「なにがたのしみで生きて居るのかと問はれて居る」……全く、ヨク人から、コンナ事を、聞かれるのですよ、……ウマイ物を、たべるデは無し、別嬪サンとか、女房とか、傍に居るでは無し、……全く、人が不思議がるのも無理は無い、自分でも、サツパリ、わからんですもの……況んや他人様がワカルものですか、呵々、……只此儘にして居れば「スー」と消えるでせう、

阡陌余史郎宛　書簡（大正14・9・24）より抜粋

放哉は勿論、俗人でありますが、又、同時「詩人」として、死なしてもらひたいと思ふのでありますよ

……只今では、放哉の決心次第一つで、何時でも、「死期」を定める事が出来る、からだの状態にあるのですよ……ナントありがたい、ソシテ、うれしい事でありませんか……放哉は勿論、俗人でありますが、又、同時「詩人」として、死なしてもらひたいと思ふのでありますよ……私には、時々、思ふのですが、慥に、「詩人」としての血液が、どつか、脈打つて居ります、（学生時代からでありました）、何卒「詩人」として、死なしてもらひたひ……結局、三十年も、四十年も、生きる問題ぢやないのですから、此の、ツカレタ放哉を、引きづり廻して、イヂメテ殺す丈は、どうかお許し下さいませ……

荻原井泉水・内島北朗 宛書簡（大正15・3・23）より抜粋

索　引（五十音順）

あ行

秋風のお堂で……44
あけがたとろりとした……109
朝顔べつたり……87
朝から四杯目の……90
朝の白波高し……43
朝早い道の……68
足のうら……99
足のゆびばかり……87
あすのお天気を……114
あすは雨らしい……10
あすは元日が来る……132
雨の幾日が……21
雨の傘……13
雨の中……136
雨の日は御灯……10
雨萩に……127
洗いものして……71
あらしがすつかり……114
蟻を殺す……21
あるものみな……42
言ふ事が……77
家のぐるり……129
石に腰かけて居た……94
石のまんなかが……85
板じきに……34
一日物云はず……11
いつしかついて来た……96
一本のからかさを……66
いつ迄も忘れられた儘で……19
いつも眼の前にある……91
井戸の暗さに……12
犬よ……56
入れものが無い……119
色鉛筆の……57
浮草風に……120
うそをついたやうな……33
打ちそこねた……36

うつろの心に……65
うで卵子……42
海が少し見える……101
海風に筒抜けられて……106
海風べう〳〵と……86
海のあけくれの……20
海を前に……81
老ひくちて……73
大空のました……35
お粥煮えてくる……116
をそい月が……109
落葉木を……26
落葉たく……36
落葉拾うて……52
落葉へばりつく……30
落葉へらへら……9
追つかけて……108
お盆にのせて……40
御祭の夜明の……15
思ひがけもない……109
父子で住んで……17

か行

かへす傘……40
蛙が手足を……80
蛙たくさんなかせ……65
かぎりなく蟻が……61
掛取も……132
傘さしかけて……26
傘にばりばり……42
風音ばかりの……106
風吹きくたびれて……128
風吹く家の……107
風吹く道の……133
風邪を引いて……106
かたい机で……63
片目の人に……39
鐘ついて去る……13
南瓜めいめいで……91
烏が……36
刈田で……25
軽いたもとが……12
枯枝ほきほき……136
考へ事して……34
考へ事をしてゐる……60
寒ン空シヤツポが……128
菊枯れ尽したる……123
聞こえぬ耳を……50

汽車が走る……………123
煙管をぽんと……………74
きたない下駄はいて……………37
きちんと座つて居る……………64
切られる花を……………110
釘箱の釘が……………63
口をあけぬ蜆死んでゐる……………121
口笛吹かる、四十男……………80
蜘蛛がすうと……………64
蜘蛛もだまつて……………91
曇り日の落葉……………41
栗が落ちる音を……………28
来る船来る船に……………117
くるりと……………126
黒い帯……………43
黒眼鏡かけた女が……………46
今朝はどの金魚が……………77
げつそり痩せて……………15
恋心……………124
氷がとける……………24
漕ぎもどす……………84
ここから浪音……………101
ここ迄来てしまつて……………96
心をまとめる……………32
コスモス折れたる……………89
この蟹めと……………81
ごはんを黒焦にして……………74
ころころころがつて……………72
ころりと横になる……………66
こんな大きな……………52
こんなよい月を……………31

さ行

柘榴が口あけた……………14
淋しい……………115
淋しいから……………79
淋しいからだから……………67
淋しいぞ……………43
淋しきままに……………115
寒さころがる……………27
さよならなんべんも……………86
潮満ち切つて……………17
叱ればすぐ泣く……………103
しぐれますと……………37
静かなるかげを……………9
静かなる一つの……………136
自分をなくして……………75

島の女のはだしに……46
霜がびつしり……53
写真うつしたきりで……24
三味線が……113
障子あけて置く……112
障子しめきつて淋しさ……22
障子の穴から覗いて……121
尻からげして葱ぬいて……37
師走の木魚……127
師走の夜のつめたい寝床が……47
少し病む児に……107
すさまじく……102
雀のあたたかさを……40
雀等いちどきに……116
已に秋の……113
すねの毛を……74
すばらしい乳房だ……104
咳き入る日輪くらむ……116
咳をしても……122
節分の豆を……57
底がぬけた杓で……56
空に白い陽を……18

た行

高浪打ちかへす……15
沢庵の……94
竹の葉さやさや……35
ただ風ばかり……33
畳はく……84
畳を歩く……114
たつた一人に……14
たばこが消えて居る……21
卵子袂に……110
小さい島に……134
血がにじむ手で……24
茶わんのかけを……73
沈黙の池に……13
月夜風ある……115
月夜の葦が……130
月夜戻り来て……10
つくづく淋しい……8
漬物石に……98
漬物桶に……49
妻の下駄に……92
爪切つたゆび……117
つめたい風の……47
ていねいに……93
天辺落とす……54

手拭かける……………………90
天井の……………………84
銅銭ばかり……………………20
豆腐半丁……………………89
とかげの美くしい……………………64
蜥蜴の切れた尾が……………………110
どつさり春の……………………137
とつぷり暮れて足を……………………129
土瓶の欠けた口に……………………85
泥手で……………………73
どんどん泣いて……………………60
とんぼが淋しい……………………102
とんぼの尾を……………………124

な行

流るる風に……………………8
流れに沿うて……………………123
渚白い足……………………135
なぎさふりかへる……………………12
茄子もいできて……………………18
何がたのしみに……………………78
何か求むる心……………………29
何も忘れた気で……………………17
浪音淋しく……………………61
なんと丸い月が……………………125
なんにもない……………………56
なん本も……………………102
にくい顔……………………55
肉のすき間から……………………80
庭石恰好よく……………………82
庭石一つ……………………26
人間並の……………………113
葱がよく出来て……………………39
寐ころぶ一人には……………………71
鼠にジヤガ芋を……………………107
ねそべつて書いて……………………8
蚤とぶ朝のよんでしまつた……………………68
暖簾から……………………89

は行

灰の中から……………………41
墓のうらに……………………131
箸が一本……………………90
働きに……………………129
鉢の椿の……………………51
ぱち〳〵返事をして……………………77
鳩に豆やる児が……………………53
花がいろいろ……………………103

花火があがる音のたび……65
花火があがる空の方が……108
母の無い児の……66
針の穴の……88
春が来たと……134
春の山の……138
ハンケチが……54
ひげがのびた顔を……53
久し振りの太陽の……137
ぴつたりしめた……108
ひどい風だ……126
ひとの袷を……94
人の親切に……83
一人分の米……62
人をそしる心をすて……25
昼寝の足のうらが……69
昼の蚊たたいて……25
二人よつて……33
ふところの……52
冬帽かぶつて……39
降る雨……47
古釘に……76
故郷の冬空に……134
臍に湯をかけて……60
への字動かす……83
蛇が殺されて……16
帽子に……82
鳳仙花の実を……117
ポケット探す……87
ポストに落とした……71
墓地からもどつて……124
ぽつかり……54
仏にひまをもらつて……32

ま行

マッチの棒で……28
待つて居る……83
窓あけた……133
窓まで……137
豆ばかり……72
豆を煮つめる……63
豆を水に……61
迷つて来た……111
鞠がはずんで……50
蜜柑たべて……128
自らを……30
道を教へてくれる……111
木槿一日……111

むつつり……18
木魚ほんほんたたかれ……27
餅を焼いて居る……76
物干で……76
もやの中……19
門をしめる……41

や行

焼米ゆびから……82
破れた靴が……50
山に登れば……103
山の和尚の……96
山の夕陽の……14
夕空見てから……133
夕日の中へ……9
夕べ落葉たいて……30
ゆうべ底がぬけた……126
夕の鐘……58
夕べひよいと……20
浴衣きて……85
雪空一羽の……57
雪積もる……132
よい処へ……127
宵のくちなしの花を……69
酔のさめかけの……34
夜の木の肌に……120

ら行

両手を……51

わ行

わが足の……28
わが顔があつた……101
わが顔ぶらさげて……45
わがからだ……35
わが歳をかぞへて見る……72
わが歳を児のゆびが……81
わが熱を……86
笑へば……51
わらじはきしめ一日の……27

2015年11月5日　初版第1刷　発行

著　者　　尾崎　放哉
発行者　　和田佐知子
発行所　　株式会社春陽堂書店
〒103-0027
東京都中央区日本橋3-4-16
電話　03（3815）1666
URL　http://www.shun-yo-do.co.jp
印刷製本　恵友印刷株式会社

乱丁本、落丁本はお取替えいたします。
ISBN978-4-394-90325-3　C0092